Emoticuentos

Cuentos cortos
para que entiendas tus emociones

WITHDRAWN

2.ª edición

B Bruño

© Pedro Mari García Franco, 2016
© Marta Fàbrega, 2016
© Grupo Editorial Bruño, S. L., 2016
Juan Ignacio Luca de Tena, 15
28027 Madrid
www.brunolibros.es

Dirección editorial: Isabel Carril
Coordinación editorial: Begoña Lozano
Edición: María José Guitián
Diseño de cubierta: Óscar Muinelo
Diseño de interiores: Equipo Bruño
Preimpresión: Javier San Eugenio
ISBN: 978-84-696-0640-7
Depósito legal: M-28250-2016
Printed in Spain

Presentación

Hace un ratito imaginé que abrías las páginas de este libro y leías este mensaje. Y eso es precisamente lo que estás haciendo en este momento. ¿Cómo he podido adivinarlo? Verás, un día coloqué en la puerta de mi casa un felpudo con la siguiente inscripción: «Si eres tú, pasa sin llamar». Desde entonces, mi casa se llenó de amigos y amigas.

Cuando escribí estos «emoticuentos» decidí colocar el mismo mensaje para que también el libro se llenara de amigos y amigas como tú, dispuestos a compartir emociones y sentimientos con sus protagonistas. Escúchalos. Ellos te mostrarán los secretos de su corazón y con ellos descubrirás el tesoro del tuyo.

Déjate llevar por los emoticonos incluidos al principio y al final de cada cuento, que podrás encontrar juntos en las últimas páginas del libro: ¡gracias a su ayuda reconocerás todas tus emociones!

Pedro Mari García Franco

Las galletas de la abuela Cleta

Me he pasado toda la tarde pensando en mi abuela.
Se llama Cleta y es la abuela más divertida del mundo.
Al salir del cole me ha recibido con alegría.
—¡Dame un beso, cariño! ¿Qué tal
te has portado? —me ha preguntado
con su voz dulce y tranquila.
—¡Muy bien, abuela! —le he respondido con entusiasmo—.
¡Tenía muchas ganas de verte!

Como sabe que me encantan sus galletas
de chocolate, me ha traído un buen puñado
para merendar.

—¡Mmmmmm, son deliciosas! —le he dicho
relamiéndome de gusto.

Mi abuela Cleta prepara las galletas de chocolate
más sabrosas del mundo. Lo saben mis amigos
y lo saben las palomas del parque.

El día de mi cumpleaños se presentó en mi clase
con una enorme caja llena de sus deliciosas galletas,
que la profesora repartió entre mis compañeros.

Desde entonces, cuando viene a buscarme al colegio,
mis amigos la rodean y le dicen:
—¡Hola, Cleta! ¿Nos das una galleta?
Y como mi abuela tiene un corazón lleno de cariño
y un bolso lleno de sorpresas, saca de él galletas y más
galletas y las reparte entre todos.

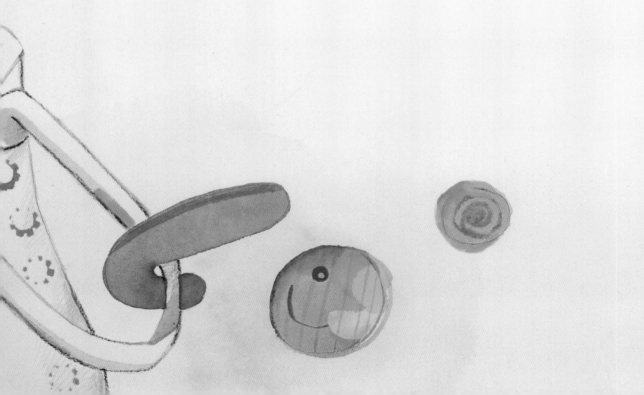

Las palomas del parque la conocen. La rodean alegres
igual que mis amigos. Revolotean a su alrededor
y se le suben a las manos, a los hombros y a la cabeza.

—Abuela —le digo entonces con cara de asombro—,
ya sé lo que quieren.

—Yo también, cielo —añade ella con dulzura—.
Las conocemos bien; son amigas nuestras.
Entonces comenzamos a echarles miguitas
y miguitas de las deliciosas galletas.
Las palomas revolotean de felicidad, llaman
a sus compañeras y vienen muchas más.

Enseguida todos los pájaros del parque nos rodean como si estuvieran de fiesta. Y mi abuela sonríe y me dice con voz dulce y tranquila:
—Si quieres hacerte amiga de las palomas, no les des miguitas de pan; échales trocitos de galleta de la abuela Cleta.

La abuela Cleta es divertida y cariñosa. Me encantan sus deliciosas galletas de chocolate.

Los niños y las palomas se alegran al verla.

Te echo de menos, Boliche

—Hoy estoy triste —dice Lito apenado.
—¡Cuéntame qué te pasa, cariño! —replica
su profesora, Raquel, con ternura.

Y Lito comienza a explicarle el motivo de su tristeza:
—Un día mi tía me regaló un precioso hámster.
Era gracioso, peludo y nervioso.

—Seguro que le pusiste nombre —interviene Raquel.

—¡Claro! Lo llamé Boliche —dice Lito.

—Vivía en una caja grande llena de juguetes.
Era como un parque de atracciones para hámsters:
tenía una escalera y una red para trepar, un tobogán
y un laberinto, un túnel, un columpio de cartón que
le preparó mi padre y muchas cosas más.
—¡Qué bien se lo debía de pasar! ¡Seguro que vivía
contento y feliz!

—Pero lo que más le gustaba
era la noria —continúa Lito—.
Se subía a la rueda y, haciéndola
girar con sus patitas, se divertía
dando vueltas y vueltas.

—¿Y no se mareaba? —pregunta
Raquel asombrada.

—¡Qué va! —responde el niño
entusiasmado—. Boliche era alegre,
valiente y atrevido. Y también un
glotón: ¡se relamía con los cereales
de mi desayuno!

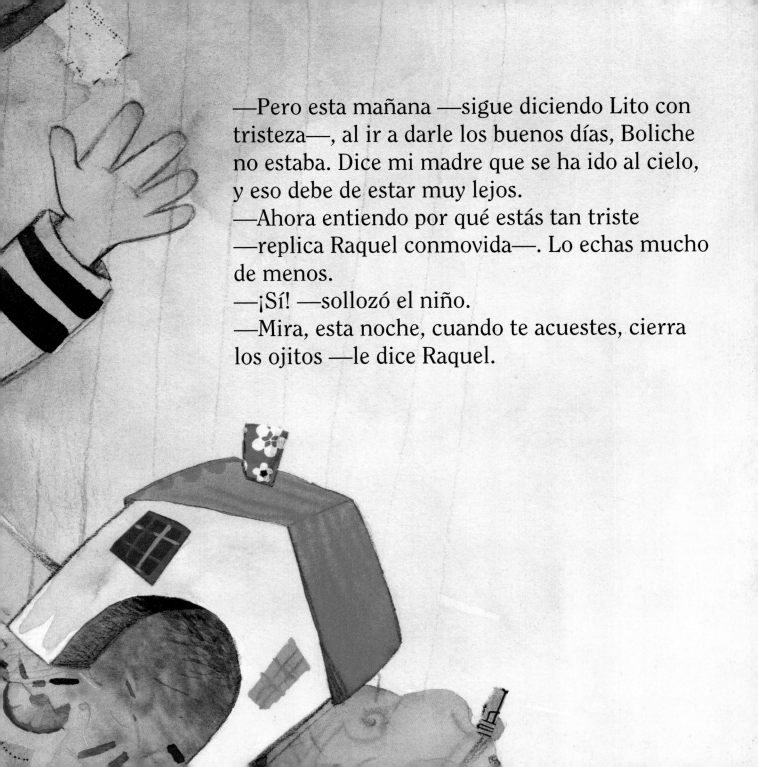

—Pero esta mañana —sigue diciendo Lito con tristeza—, al ir a darle los buenos días, Boliche no estaba. Dice mi madre que se ha ido al cielo, y eso debe de estar muy lejos.

—Ahora entiendo por qué estás tan triste —replica Raquel conmovida—. Lo echas mucho de menos.

—¡Sí! —sollozó el niño.

—Mira, esta noche, cuando te acuestes, cierra los ojitos —le dice Raquel.

—Luego pinta una noria alta, muy alta, más alta
que las nubes —continúa la profesora—.
Súbete a ella y hazla girar con fuerza, como tu
mascota, para que te lleve hasta el cielo.
Cuando estés allí verás a Boliche alegre y feliz,
divirtiéndose en el precioso parque de atracciones
del cielo. Después, monta de nuevo en la noria y
regresa a casa. Lo echarás de menos, pero sabrás que
es muy feliz porque está jugando con las estrellas.

Lito está **triste.** Echa de menos a su
alegre mascota. Pero sabe
que el **gracioso** Boliche juega
feliz con las estrellas.

¡Soy un campeón!

Toni sale muy contento del colegio. Se siente feliz
y no para de cantar:

—¡Tilín, tilín, tolón! ¡Soy un campeón!

Mamá está sorprendida al ver la alegría de su hijo.
Le encanta verlo tan entusiasmado.

—¿Qué ocurre, cariño? —le pregunta.

—La profesora me ha dicho que soy un campeón
porque ya sé leer —responde Toni señalando el sol
de cartulina que lleva prendido en la solapa.

—¡Claro, cariño! —dice mamá—. ¡Eres un auténtico sol!

Toda la familia se alegra
muchísimo al saber que tienen
en casa un nuevo campeón.
—Eres un campeón, igual que
yo —le dice Marcelo a su nieto
señalando su medalla de oro,
que está colgada de la pared.

El abuelo de Toni la
ganó cuando era joven.
Era el que más rápido
corría de todos.

—Toni, ¡vamos al parque a hacer
una competición! —exclama Marcelo con entusiasmo.
Y los dos campeones salen de casa cantando alegremente:
—¡Tilín, tilín, tolón! ¡Soy un campeón!

Cuando llegan al parque, el abuelo
Marcelo hace una raya en el suelo y dice:
—A la de tres empezamos a correr.
—¡Vale, abuelo! —replica su nieto—.
Gana el primero que llegue hasta la
estatua del caballo.

Entonces Toni y su abuelo
empiezan a contar a la vez:
—¡A la de una, a la de dos
y a la de tres!

¡1 2 3!

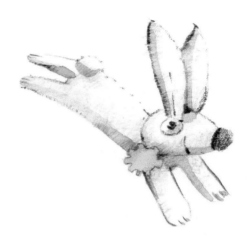

Y corre que te corre, que no me pillarás, Toni llega el primero a la meta y logra ganar a su abuelo. Se siente un triunfador.

Luego Marcelo monta a Toni sobre el caballo de bronce,
mete la mano en el bolsillo, saca su preciosa medalla de oro
y se la coloca a su nieto diciendo con voz solemne:
—Toni, has ganado a tu abuelo. ¡Ahora eres dos veces campeón!
Y Toni sonríe emocionado porque se siente el niño
más importante del parque.

Toni está muy 😄 **alegre** y no para de cantar. Se siente 😊 **importante.** Sonríe 😍 **emocionado** porque es dos veces campeón.

El bombero Baldomero

Todos participan en clase. Bueno, todos menos Linda. Es nueva en el cole y, como aún no tiene amigos, no se atreve a hablar.

—Mi tío tiene una granja con muchos animales —dice Rita.
—Pues mi tía es maquinista de tren —presume Marcos.

—Eso no es nada —replica Marta haciéndose la importante—; mi tío es piloto de carreras.

—Pues mi tía tiene una pizzería y yo me como todas las pizzas que quiero —añade el glotón de Kike un poco chulito.

Y así siguen hablando y hablando sin parar.

A la hora del recreo se llevan una sorpresa:
¡en el patio hay un señor con casco y uniforme!
Los niños lo rodean con curiosidad y no paran
de preguntarle: «¿Quién eres?», «¿Cómo te llamas?»,
«¿Me dejas el casco…?».
—Soy bombero, me llamo Baldomero
y soy el papá de Linda —responde el señor.

—¡El papá de Linda es bombero! —exclama Marcos
con asombro y admiración.
Linda está muy alegre. Corre hacia su papá y lo
abraza cariñosamente. A su lado se siente segura.

Antes de despedirse, Baldomero les dice a los niños:
—Mañana estáis invitados a montar en mi camión.
—¡Yupiiiiii! —gritan ellos ilusionados.

Al día siguiente el papá de Linda
los recibe en el parque de bomberos.
Baldomero le pone un casco a cada niño
y todos repiten con él:

¡Para ser un buen bombero
entrenarse es lo primero!

Los niños están emocionados: bajan
sin miedo por el tobogán, montan
ilusionados en el camión, hacen sonar
la ruidosa sirena y lanzan chorros de
agua con la manguera.

—¡Os nombro bomberos aventureros!
—exclama más tarde Baldomero
mientras les quita los cascos y les
entrega unos diplomas.
Los niños aplauden emocionados.
¡Qué bien lo han pasado!

Desde ese día todos admiran a Linda,
la hija de Baldomero. Ahora se siente
segura, importante y feliz porque tiene
muchos amigos.

Linda abraza a su papá con
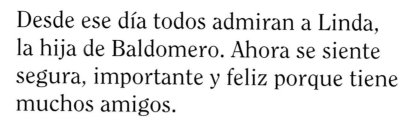 cariño.

Todos 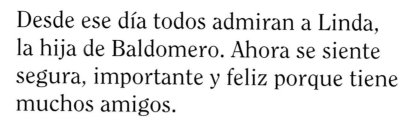 admiran a Linda.

Ella se siente 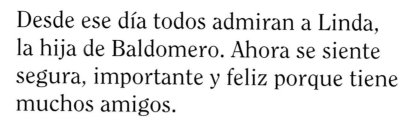 segura

y 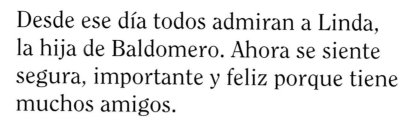 feliz porque tiene

muchos amigos.

El Ratoncito López

Cuando se te cae un diente, se lo dejas al Ratoncito
Pérez debajo de la almohada. Pero ¿qué haces
cuando se te cae una lagrimilla?
¡Pues se la dejas al Ratoncito López!

Un día mi amiga Lis se cayó del columpio.
Me dio tanta lástima verla llorar que me senté a llorar
desconsoladamente con ella. Entonces me acordé
del Ratoncito López. Guardé una de mis lagrimillas
bajo la almohada y cuando desperté, ¡sorpresa!,
me había dejado este mensaje:

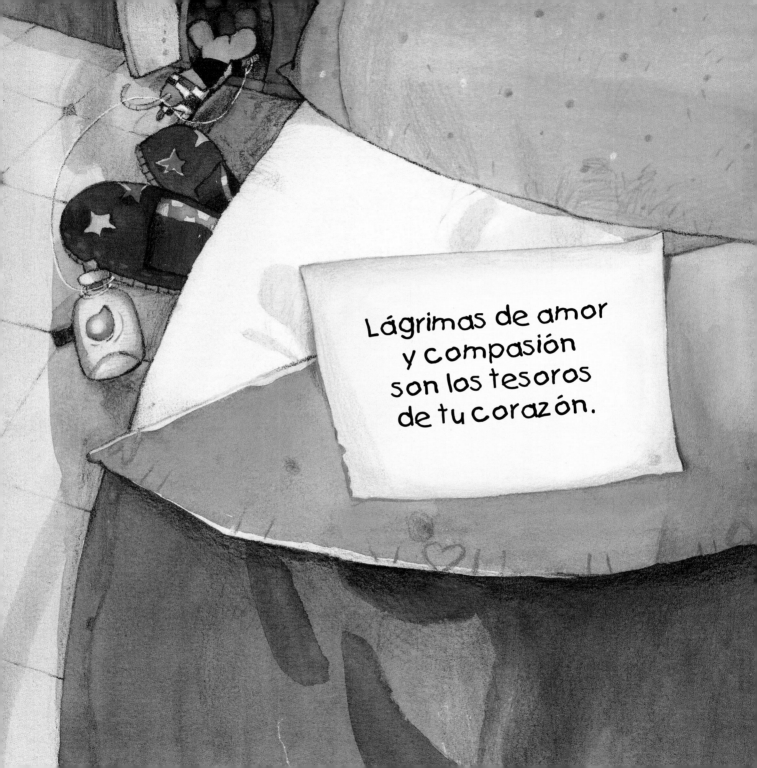

Lágrimas de amor
y compasión
son los tesoros
de tu corazón.

Otro día me enfadé tanto con mi hermana
Sara que lloré de rabia. Esa vez tuve que
dejar bajo la almohada una lágrima de furia.

Cuando amaneció, allí estaba
el mensaje del Ratoncito:

Lágrimas
de enfado y rabia
son para
los cascarrabias.

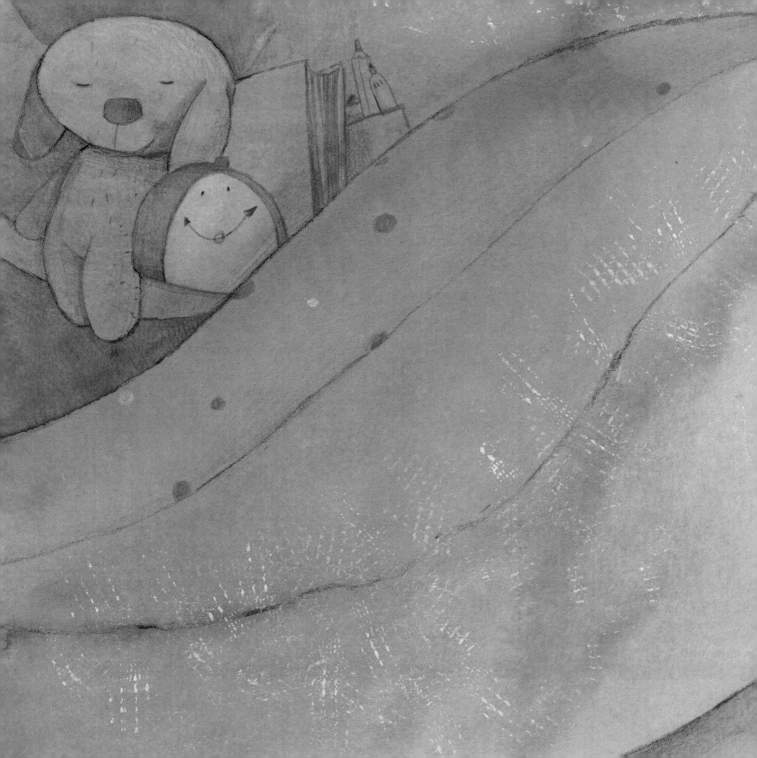

Pero cuando mejor lo paso es cuando Sara me hace cosquillas o hace monerías. Entonces lloro de risa. Eso también se lo cuento al Ratoncito. Escondo bajo la almohada una lágrima de felicidad y, al amanecer, allí tengo su notita.

Lágrimas de alegría y buen humor son cosquillitas para el corazón.

El día que murió mi mascota
me sentí tan triste que lloré
muchísimo. Pensé que el Ratoncito
López me consolaría, así que le dejé
una lagrimilla de pena y recibí
su cariñosa respuesta.

Las lágrimas
de tristeza
el Ratoncito López
las aleja.

Ahora quiero contarte un secreto: ayer me puse muy pesado. Para que me hicieran caso comencé a llorar sin llorar de verdad. Lloraba para molestar. Como no tenía lágrimas, cogí con el dedo una gotita de agua y la oculté bajo la almohada. Pero el avispado Ratoncito no se dejó engañar.
Fíjate en lo que he encontrado esta mañana:

Llorar sin lagrimillas es de mentirijillas.

Así que ya lo sabes: el Ratoncito López espera con cariño tus lagrimillas. Pero no se te ocurra tratar de engañarle porque te descubrirá.

Lágrimas de  **amor**, lágrimas de **alegría**, lágrimas de **tristeza**, lágrimas de **rabia**. El Ratoncito López recibe mis lágrimas con **cariño**.

Un día emocionante

—¡Hoy vamos de excursión al campo! —dijo papá una mañana—. ¡Ya veréis qué divertido va a ser!

Fuimos a un lugar precioso. Mi prima Tania, mi hermano Guille y yo nos lo pasamos fenomenal cogiendo flores, escondiéndonos detrás de los árboles y revolcándonos por la hierba.

A la hora de comer, papá colocó la comida sobre un mantel.
Justo en ese momento apareció una vaca con un cencerro.
Parecía tranquila, pero era más grande que un camión.
Guille le sacaba fotos y ella le miraba con recelo.

—¡Muuuuuuuu! —nos saludó, y Guille se alejó asustado.
—No tengáis miedo —dijo papá—. Es una vaca educada
y pacífica. La llamaremos Paca.
Empezamos a comer con desconfianza porque Paca nos
miraba y se relamía.

Entonces apareció una oveja entre los arbustos y se acercó con disimulo, haciendo sonar su campanilla: «Tilín, tilín».

—¡Beeeee! —baló pidiendo comida.
Le ofrecimos una hoja de lechuga y se la comió en
un pispás. Pero pronto recibimos una nueva visita…
—¡Viene un caballo! —grité asombrado.
Cuando se acercó le dimos pan para que cogiera
confianza. Pero nos miraba con cara de malas
pulgas, así que nos levantamos para alejarlo.

Entonces la lista de la vaca aprovechó la ocasión.

—¡Paca se está comiendo la ensalada! —chilló Tania alarmada.

Papá corrió a rescatar la fuente de ensalada y la vaca le dio un lametón en la mano.

«¡Muuuu!», «¡Beeeee!», «¡Hiiiiiiii!», «¡Tolón, tolón!», «¡Tilín, tilín!»…, se divertían los animales armando gran alboroto.

—¡Vamos a alejarlos para poder comer tranquilos!
—exclamó papá ya un poco desesperado.
Y los animales se marcharon protestando:
«¡Muuuu!», «¡Beeeee!», «¡Hiiiiiii!», «¡Tolón,
tolón!», «¡Tilín, tilín!»…

—¡Papáááááá! —gritó entonces
Guille pidiendo auxilio—.
¡Mi cámara! ¡Está en el barro!

—¡No es barro! —exclamó papá echándose a reír—. ¡Es boñiga de la vaca Paca!
—¡Qué asco! —dijo Guille tapándose la nariz, y todos nos partimos de risa.

¡Qué bien lo pasamos aquel día! Fue una excursión emocionante y muy divertida.

Los animales no nos dejaban comer **tranquilos,** pero **nos reímos** mucho. Fue un día **emocionante** y **divertido.**

El gorro mágico

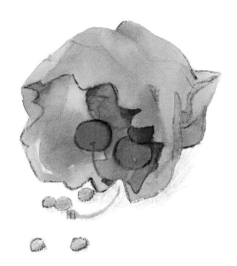

A Lidia le encantaban las cerezas.
Cuando mamá las compraba, no se
podía controlar.
—¡No seas impaciente! ¡Espera a la
hora de comer! —la regañaba mamá.
—Es que me apetecen
mucho —replicaba la niña.

Un día mamá le dijo:

—Si quieres cerezas ahora, te daré cinco; pero si esperas hasta la hora de comer, te daré diez.

—No sé qué hacer —dudó Lidia—. Es que me gustan mucho…

—Pues tienes que elegir…

Y como Lidia no tenía paciencia, finalmente le pidió a su madre las cinco cerezas.

A la hora de comer todos tenían cerezas
menos Lidia. Ella protestó, pero mamá le dijo:
—Tú ya te has comido tu ración.

Y así estuvo un día y otro día, hasta que una noche tuvo un sueño.

Soñó que tenía un gorro mágico. Cuando se lo ponía, se hacía invisible: ¡nadie la veía! Lidia se fue al colegio y, al entrar en clase, vio una cajita de apetitosas cerezas sobre una mesa. Era el almuerzo de uno de sus compañeros. Lidia se puso el gorro sobre la cabeza y… ¿sabes qué ocurrió?

Pues nadie lo sabe, porque en ese momento se despertó y oyó la voz de su madre:
—¡Hay que ir al colegio!

A la hora del recreo todos salieron a jugar
menos Lidia. Estaba sola en clase y miraba
el almuerzo que Leo había olvidado sobre
su mesa: ¡era una cajita de apetitosas cerezas!
Lidia se acordó del gorro mágico… Pero
entonces contó hasta cinco, cogió la cajita
y corrió hasta el patio gritando:
—¡Leooooo! ¡Has olvidado tu almuerzo!
Y le entregó a su compañero la cajita
llena de cerezas.

Cuando Lidia llegó a casa, mamá le preguntó, como siempre:
—¿Quieres cinco cerezas?
Y ella respondió:
—No, mamá; prefiero diez, así que esperaré hasta la hora de comer.
—¡Buena decisión! —exclamó mamá, y se alegró mucho al comprobar que su hija se estaba haciendo mayor.

A Lidia le  encantan las cerezas. Se enfadaba porque siempre quería más. Pero ha aprendido a controlarse y ahora sabe esperar.

El árbol bueno

Todas las tardes Pepo y Olivia iban al parque
y compartían su merienda con los pajarillos.
Al llegar el otoño, los árboles perdieron sus hojas
y las aves se quedaron sin hogar. Volaban tristes
buscando refugio.

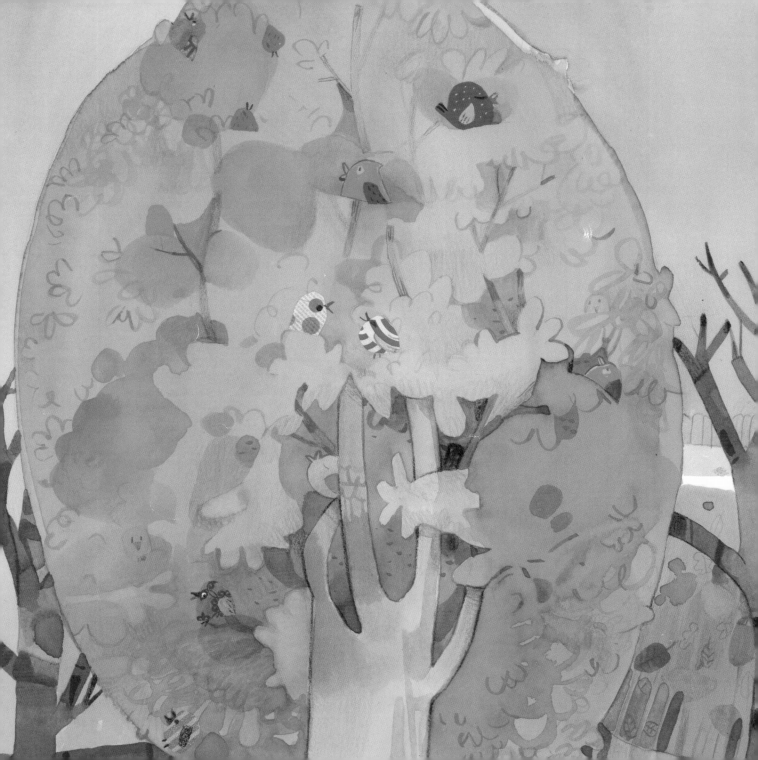

Pero en medio del parque había
un árbol alto y frondoso que nunca
perdía las hojas, así que las aves
encontraron refugio entre sus ramas.

Llegó el invierno y los pájaros del
parque se sentían calentitos y seguros
en los brazos del árbol.

Sin embargo, los pajarillos de la ciudad tiritaban de frío
bajo los tejados. Pepo y Olivia sintieron lástima.

—Tenemos que buscarles abrigo —decidieron los niños
apenados.

—¡Les diremos que vayan al parque! —exclamó Olivia—.
El árbol bueno los acogerá.

—Pero no sabemos hablar con los pájaros —replicó Pepo.

—¡Compraremos una flauta para pájaros! —sugirió
Olivia muy ilusionada—. Así, cuando oigan su música,
nos seguirán.

Y eso hicieron. Los niños recorrieron la ciudad tocando una alegre melodía. Todas las aves sin hogar los siguieron hasta el parque y encontraron cobijo en las ramas del árbol. Miles de pajarillos cantores llenaron el parque de alegría. Había tantos que no cabía un alfiler.

Al oír el bullicio, se acercaron ratones y comadrejas; luego llegaron ardillas y conejos… Todos los animales del parque se reunieron bajo el árbol. Un pico picapinos agujereó el tronco para hacerles una casa y se quedaron a vivir allí. Armaban tanto jaleo que el guarda del parque puso un cartel: «Por favor, ¡no alboroten!».
Y el parque se quedó en silencio.

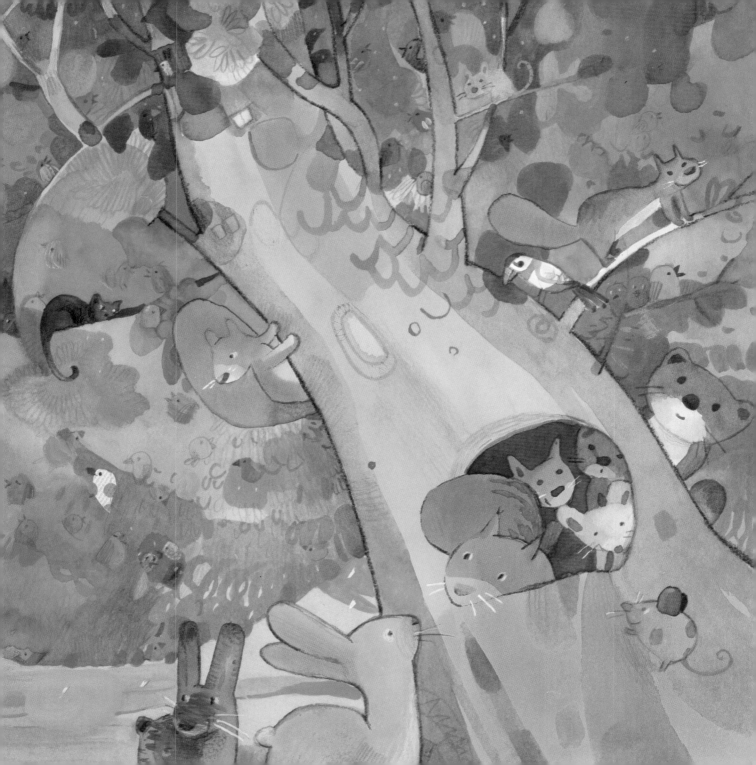

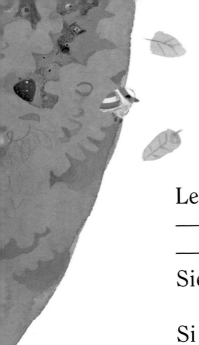

Leo y Olivia se abrazaron al árbol.
—Tiene un corazón bondadoso —afirmó Pepo.
—En sus ramas caben todos —añadió Olivia—.
Siempre hay un lugar para el que llega.

Si alguna vez te acercas al árbol y no ves pájaros
en sus ramas, observa con atención; están ahí,
ocultos entre las hojas. Y si no cantan, no es
porque estén tristes: es para no alborotar…

Leo y Olivia estaban **tristes**
por los pajarillos sin hogar. El árbol
bondadoso los acogió en sus ramas
y llenaron el parque de **alegría.**

Pizza de jamón y queso

Hugo y yo éramos amigos. Un día
discutimos, nos enfadamos y dejamos
de jugar juntos. Hicimos las paces, aunque
ya no volvió a ser como antes. Ahora tengo
nuevos amigos, pero con quien mejor
me lo paso es con mi hermano Nico.

Los domingos jugamos a escondernos entre las sábanas.
Mamá se divierte con nosotros. Nos hace cosquillas y grita
con voz muy graciosa:
—¿Dónde están mis piratillas?
La quiero hasta la luna. Es la mejor mamá del mundo.

Este fin de semana estaremos con papá.
Cuando viene a recogernos, corremos
a abrazarlo y él exclama con alegría:
—Pero ¡qué guapos están mis pitufillos!
Luego mamá nos da un beso gigante
y nos dice:
—¡Portaos bien!
Y salimos los tres de casa.
—¿Qué os parece si vamos
a comer...? —nos propone papá.
—¡Pizza! —respondemos Nico y yo—.
¡Nuestro plato favorito!

Yo me pido una de jamón y Nico una de queso.
Pero al ver la pizza me he acordado de mamá.
—¿Estás triste, cariño? —me pregunta papá—.
Cuéntame qué te ocurre.
—Es que cuando estoy con mamá pienso
en ti y cuando estoy contigo pienso en mamá —contesto.
—Sois nuestro tesoro más valioso, cariño —dice papá—.
Aunque ya no vivimos juntos, os queremos
más que a nada en el mundo. Nos tenéis a los dos.

Nico, que está muy atento,
exclama entonces:
—¡Claro! Antes teníamos
una pizza de jamón y queso.
Pero ahora tenemos dos:
¡una de jamón y otra de queso!

—¿Quieres decir que yo soy
una pizza de queso?
—pregunta papá.
—¡Sí! —responde Nico—.
¡Y mamá una pizza de jamón!

Los tres reímos con ganas la ocurrencia de Nico.
Luego me acuerdo de Hugo y pienso: «A veces a los
mayores les pasa como a los niños: hacen las paces,
aunque no vuelven a jugar juntos».
Entonces le digo a papá con todo mi cariño:
—¿Sabes una cosa, papi? ¡Eres la pizza de queso
más deliciosa del mundo!

Papá y mamá nos  quieren mucho. Mamá juega y se divierte con nosotros y papá se pone muy alegre cuando estamos con él. Los quiero a los dos hasta la luna.

Guía de emoticonos

Divertido

 Gracioso

 Cariñoso

 Feliz

 Encantar

 Importante

 Alegre

 Emocionado

 Triste

 Admirar

Seguro

 Gustar

 Querer

 Enfadarse

 Rabia

 Controlarse

 Tranquilo

 Esperar

 Reír

 Bondadoso

Índice

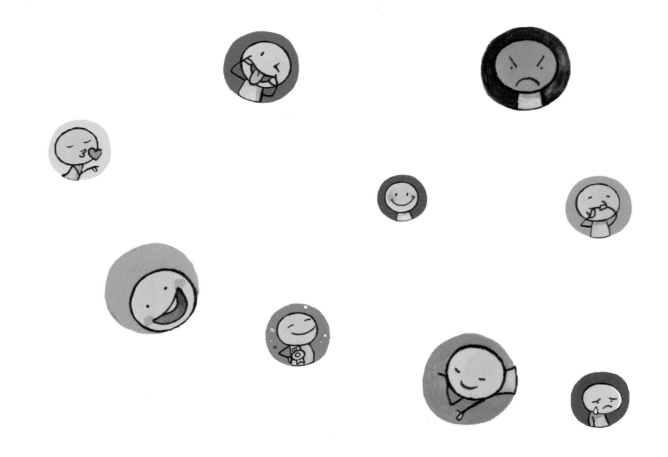

Este libro se acabó de imprimir
en octubre de 2016